Weihnachtsgeschichten

tosa

Wenn die Englein kommen ...

Drei liebe, weiß gekleidete Englein schweben um das Haus. Sie wollen erkunden, was die Kinder so treiben. Vielleicht denken sie auch, dass bereits ein Wunschbrief irgendwo hier stecken könnte. Das eine Englein nähert sich bereits dem Fenster. Es wird sogleich mit Freude festgestellt, dass sich die Kinder mit Bastelarbeiten befassen. Der Junge hält einen Hammer in der Hand und es ist deutlich zu erkennen, dass dies ein Häuschen werden soll. Er ist schon dabei, das Dach anzunageln. Wenn es auch nicht so schön wird, wie ein von Engelshand angefertigtes Häuschen, so werden sie sich trotzdem darüber freuen. Die Kinder sind bekannt für ihre Bescheidenheit. Gewiss haben auch sie einige Wünsche, die sie in einem Brief an das Christkind etwas später bekannt geben. Die Englein werden sich gleich danach zum nächsten Haus begeben. Ihr himmlischer Auftrag lautet: Alle Kinder ein wenig zu beobachten. Ob sie brav sind und sich auch schon mit kleineren Arbeiten befassen. Vor allem aber, ob sich Geschwister untereinander vertragen. Das Christkind wünscht sich eine friedliche Kinderschar, die es dann reichlich mit Gaben belohnt.

Der Nikolaus ist da!

Der Nikolaus stapft mit seinem prall gefüllten Sack durch den Schnee. Er ist bereits sehr müde, doch der kunstvoll geschnitzte Stab ist ihm eine große Hilfe dabei. Man könnte sich ihn ohne diesen gar nicht vorstellen. Er hat auch heuer wieder die vielen, braven Kinder zu beschenken. Der Sack musste noch schnell in der Himmelswerkstätte geflickt werden. Der muss ja auch den Transport der vielen guten Dinge und Geschenke, die drinnen Platz finden müssen, aushalten. Das wäre doch sehr arg, wenn er dem Nikolaus auf dem Weg zerreißen würde. Drei Kinder, die den Nikolaus bereits herbeisehnen, schauen neugierig aus dem Fenster. Was wird er ihnen bringen? Bleibt er überhaupt hier stehen, um etwas für sie abzuladen? Wenn er jetzt vorübergeht, dann wird er doch ganz gewiss auf dem Rückweg hier stehen bleiben? Der Nikolaus liebt alle kleinen Kinder sehr und hat noch nie eines vergessen. Sie gehen ganz gewiss nicht leer aus und müssen sich halt noch ein wenig gedulden. Das schwarze Kätzchen sieht ebenfalls aus dem Fenster und ahnt sicherlich, dass dies heute ein besonderer Abend ist. Darum lief es in das Untergeschoß, um den Mann mit dem weißen Bart aus nächster Nähe zu sehen. Ob das Kätzchen auch etwas bekommt?

Was hat der Nikolaus gebracht?

Die Kinder rufen voll Freude: „Hurra, hurra, der Nikolaus war da!“ Das kleine, übermütige Mädchen entleert den Sack gleich auf den Fußboden. Da sind ja die begehrten Herzen und Plätzchen aus Lebkuchen darunter. Noch dazu in großer Menge. Auch Äpfel und Nüsse finden sich in dem Sack und alles davon fällt auf den Fußboden. Jedenfalls gibt es hier alles, was ein Kinderherz erfreut.

Der größere Bruder hält in einer Hand einen Apfel, in der anderen einen kleinen Nikolaus.

Da ruft er fröhlich: „Der Nikolaus, er lebe hoch!“

Dieser schaut jetzt lächelnd durch das Fenster ins Zimmer herein. Er freut sich darüber, wie sich die Kinder gleich über den großen, roten Sack hermachen und sogleich den süßen Inhalt genießen werden.

Er ist ein gütiger, alter Mann, der alle Kinder sehr lieb hat und ihnen gerne eine Freude bereiten will.

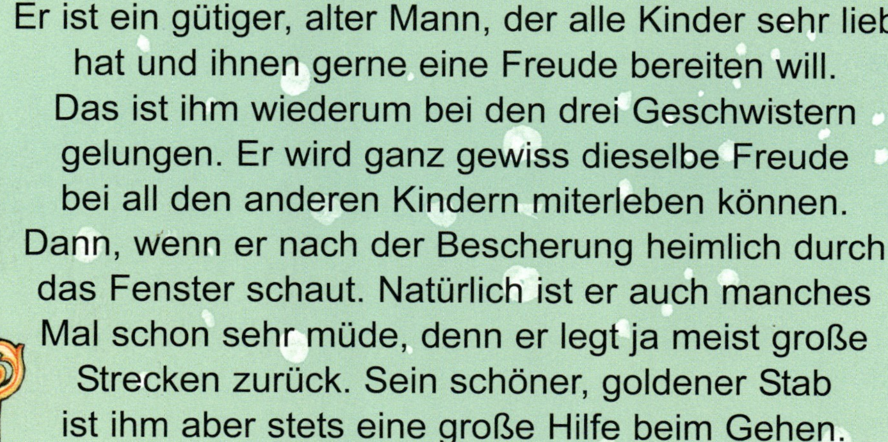

Das ist ihm wiederum bei den drei Geschwistern gelungen. Er wird ganz gewiss dieselbe Freude bei all den anderen Kindern miterleben können.

Dann, wenn er nach der Bescherung heimlich durch das Fenster schaut. Natürlich ist er auch manches Mal schon sehr müde, denn er legt ja meist große Strecken zurück. Sein schöner, goldener Stab ist ihm aber stets eine große Hilfe beim Gehen.

Wir suchen Tannenzweige

Lilli nimmt Peters Hand und sagt zögernd: „Wäre es bei diesem Wetter vielleicht nicht doch für uns besser, umzukehren?“ Lilli hat im Wald doch immer große Angst, sich zu verirren und Peter muss ihr dann immer gut zureden. Auch jetzt gelingt es ihm wieder, ihr Mut zu machen. Er will, obwohl es immer mehr zu schneien beginnt, unbedingt noch mehrere Tannenzweige mit nach Hause nehmen.
Es sollte alles noch schöner für den Heiligen Abend geschmückt werden. Und für eine kleine Bastelarbeit brauche er auch einige, sagt er zu Lilli.
Sie ist einverstanden, doch will sie noch wissen, ob Peter sich den Weg auch gut gemerkt hat, den sie gekommen sind. „Ich selbst achte da nicht so darauf“, sagt Lilli ganz ehrlich. Peter kommt sich dann sehr erwachsen vor, wenn er, wie jetzt zu ihr sagt: „Lilli, vertraue mir!“ Und sie tut es, weil sie ihren Bruder auch manchmal richtig bewundert.
Ein Häschen blickt lustig und voll Neugier hinter einem Baum hervor und beobachtet die Kinder.
Es kommt ihm ganz gewiss seltsam vor, dass die beiden bei diesem Wetter durch den Wald spazieren.
Es freut sich schon selbst auf seinen warmen Bau, den es gleich aufsuchen wird.
Na ja, jedem sein Vergnügen!

Ein festlicher Nachmittag

„Hallo, seht her, mein Stern ist bereits fertig!", ruft Kevin stolz seinen Geschwistern zu und lacht. Max und Lilli unterhalten sich über die nächste Bastelarbeit, denn sie haben vor, besonders schöne Dinge anzufertigen. Lillis Engel ist auch sehr hübsch geworden. Max hat noch das Bäumchen mit grüner Farbe zu bemalen, bevor er sich die nächste Arbeit vornimmt. Man kann genau die Dinge sehen, die sie zum Basteln benötigen. Eine Schere, die Lilli noch in der Hand hält, Pinseln und Wasserfarben; auch eine Tube Klebstoff liegt hier. Vielleicht müssen sie sich noch einiges an Material kaufen gehen. Ganz bestimmt haben sie auch den prächtigen Adventskranz selbst gemacht, denn sie verstehen auch mit Tannenzweigen gut umzugehen. Auf Kevins Seite liegt eine Frucht, bemalt und mit einem Zweiglein geschmückt. Auf dem Fußboden liegen Zweige verstreut, die sicher beim Basteln noch Verwendung finden. Sie sind alle sehr einfallsreich und es ist eine wahre Freude, ihnen dabei zuzusehen. An den zwei brennenden Kerzen könnt ihr ersehen, dass der Heilige Abend nicht mehr fern ist. Sie freuen sich riesig darauf und ihr großer Eifer wird gewiss vom Christkind belohnt. Es wird auch alles ihm zu Ehren geschmückt.

Vor dem Spielwarengeschäft

Wie schön für die Kinder, in der Adventszeit noch abends ein wenig bummeln zu gehen. Da bleiben sie vor einem Geschäft mit Spielwaren stehen. Mit großem Interesse schauen sie in die Auslage. „So ein hübsches Schaukelpferd möchte ich mir gerne vom Christkind wünschen!", sagt die Kleine zu ihrem größeren Bruder. Dem gefällt etwas anderes scheinbar noch besser. Sie haben vor, danach auch noch andere Geschäfte in der Stadt aufzusuchen. Es gibt ja noch viele schöne Dinge, die sie in den Auslagen bewundern können. So kommen sie erst richtig darauf, was sie noch nicht an Spielsachen besitzen und was sie zu gerne haben wollen. Dann werden sie gemeinsam einen Brief schreiben und an das liebe Christkind absenden. Die Kleine will jetzt wissen, ob das Gewünschte vom Christkind hier eingekauft, oder ob es im Himmel von den Englein angefertigt wird. Da klärt sie der Bruder auf: „Natürlich wird das für uns Kinder im Himmel gebastelt. Glaubst du, das Christkind lässt sich in einem Geschäft hier blicken!?" Das leuchtet der kleinen Schwester auch ein. In dieser Art werden sich dann die Geschwister noch weiter unterhalten, während sie bummelnd durch die Stadt ziehen. Das kleine Mädchen blickt neugierig auf die beiden vom Fenster herunter.

SPIELWAREN

Wir basteln einen Adventskranz

Die drei Geschwister sind mit viel Eifer dabei, einen Adventskranz zu basteln. Sie haben sehr viele Tannenzweige vorbereitet, denn diese benötigt man, wenn es ein schöner und dichter Kranz werden soll. Es liegen auch schon die passenden Kerzen auf dem Fußboden. Drei der Kerzen in violett und eine davon in rosa, so wie es der Brauch ist. Der Junge kniet inmitten der grünen Zweige und reicht seiner Schwester davon einen um den anderen. Der Kleine auf dem Hocker hält den Kranz fest. So kann das Mädchen, mit Hilfe der beiden Brüder, mühelos den Kranz gestalten. Ganz gewiss erzählen sie sich dabei nette Geschichten und werden vielleicht auch dazwischen Weihnachtslieder singen. Das macht die Arbeit dann zu einem großen Vergnügen. Und wenn es draußen sehr kalt ist, macht so eine Bastelarbeit im wohlig warmen Zimmer auch besonderen Spaß. Für den nächsten Tag haben sie bereits geplant, eine Schlittenfahrt zu machen. Dabei sind sie ganz warm eingehüllt, sodass ihnen die Kälte nichts ausmacht. Sie wissen immer mit ihrer Zeit etwas Nettes anzufangen. Und das Schöne daran ist, dass sich die drei bestens verstehen und daher gerne alles gemeinsam unternehmen. Ihr Plan für heute aber ist, den Adventskranz fertig zu stellen.

Die Wunschbriefe werden abgeholt

In einer schönen, sternenklaren Nacht schwebt ein Engel über der Stadt, um die vielen Briefe von den Kindern einzusammeln. Ihr wisst ja, dass es jedem Kind erlaubt ist, dem lieben Christkind seine Wünsche bekannt zu geben. Der Engel überlegt, bei welchem der zahlreichen Fenster er noch einen Brief abzuholen hat. Seine rote Umhängetasche kann nicht mehr viele davon fassen, so übervoll scheint sie zu sein.

Die Turmuhr zeigt Mitternacht an und die Kinder schlafen schon längst tief und träumen sicherlich von der bevorstehenden Weihnachtsnacht. Am nächsten Morgen können sie dann mit viel Freude feststellen, dass ihre Briefe abgeholt wurden. Dann kommt für sie die Zeit des Wartens und Hoffens, ob ihre Wünsche auch vom lieben Christkind erfüllt werden. Der brave Engel aber schwebt eilends in Richtung Himmel, um die Briefe dem Christkind abzuliefern. Dieses gibt dann in der Himmelswerkstätte den Auftrag, die verschiedensten Dinge, die sich die Kinder so wünschen, auf schnellstem Wege für sie anzufertigen.

Es sieht auch persönlich öfters nach, ob alles auch hübsch gemacht wird. Da aber kann sich das Christkind auf seine Engel verlassen.

In der Himmelswerkstätte

Hier könnt ihr die Englein bei der Bastelarbeit beobachten. Wie immer sind sie auch heute wieder mit großem Eifer dabei. Die meiste Arbeit haben sie bereits hinter sich und freuen sich nun darüber, dass ihnen alles so gut gelungen ist. Auch sind sie rechtzeitig mit allem fertig geworden. Nur mehr die beiden kleinen Häuschen haben eine Kleinigkeit nötig. Das Dach des einen wird noch schnell rot angestrichen und das andere muss nur noch auf dem Häuschen mit Nägeln befestigt werden. Das macht das Englein, das den Hammer in der Hand hält. Auf dem Regal sind bereits verschiedene Sachen zu bewundern. Ein Püppchen, ganz fein herausgeputzt, sitzt bereits oben. Da kommt sogleich das zweite dazu. Man sieht, dass das Englein sich bemüht, es mit dem Kasperl zusammen hinaufzustellen. Vorher ruft es fröhlich lachend: „Seht her, wie hübsch die beiden geworden sind!“ Es sind diesem Englein noch alle Püppchen, Teddys und auch sämtliche Stofftiere bereits gelungen. Die beiden anderen sind auch hervorragende Bastlerinnen. Wenn sie nur ein Stück Holz in den Händen haben, entstehen in Windeseile Häuschen, Autos, Eisenbahnen und so manches mehr. So hat hier im Himmel jedes Englein seine ganz besondere Begabung.

Ein Ausflug mit der Katze

Peter und Lilli macht es heute großen Spaß, ihren kleinen Bruder Fredi auf dem Schlitten durch die tief verschneite Landschaft zu ziehen. Der Kleine ist warm angezogen, mit einem dicken Schal um den Hals, sodass ihm die Kälte nichts anhaben kann. Zunächst wird bei diesem Baum Halt gemacht und der Junge, größer als seine Schwester, holt Zweige für sie herunter, von denen sie bereits einige in ihrer Hand hält. Weil einem Mädchen schneller kalt wird, hat sie dicke Fäustlinge angezogen, worüber sich Peter ja immer lustig macht. Die kleine Katze, die wohl die Kinder sehr mag, hat sie bis hierher begleitet und sieht interessiert zu. Gewiss kehrt sie bald um, denn Katzen sind nicht davon begeistert, nasse und kalte Pfoten zu bekommen. Im Haus erwartet sie ja ihr sehr gemütliches Plätzchen am warmen Kamin, wohin sie sich immer zurückziehen kann. Das Streunen ist nur bei warmen Temperaturen angesagt. Aus Liebe zu den Kindern verlässt sie ab und zu das Haus. Schon deshalb, weil sie von Natur aus sehr neugierig ist und die Kinder meist viel Lustiges unternehmen, woran auch eine kleine Katze ihre Freude haben kann. Fredi murmelt unter seinem dicken Schal: „Wann geht es weiter?“ Er hofft ja doch auf eine längere Schlittenfahrt.

Auf dem Weihnachtsmarkt

Für Stefan, Flora und Tobias ist es ein besonders großes Vergnügen, einen Markt zu besuchen, auf dem es ausschließlich Dinge für Weihnachten zu kaufen gibt. Jetzt stehen sie vor einem Stand, wo viel Hübsches zu sehen ist und eine freundliche Frau ihnen auch gerne alles zeigt. Flora ruft laut: „Seht doch, ein Engel, der diesem ganz ähnlich sieht, habe ich selbst gebastelt. Nur meiner ist noch größer!“ Da lacht die Verkäuferin und gibt ihr zur Antwort: „Da wirst du ja meine Engel gar nicht kaufen wollen!?“ Sie weiß aber ganz genau, dass die Kinder nur alles betrachten und gar kein Geld dabei haben. Geduldig zeigt sie ihnen alles, auch Dinge, die noch in den Schubladen verstaut sind. Sie liebt alle Kinder sehr und so muss es auch sein, wenn sie auf dem Weihnachtsmarkt einen Stand hat. Da kommen ja viele hierher und sie zeigt ihnen immer wieder ihre Schätze und das stets mit freundlichem Gesicht, obwohl ihr die Kinder noch nie etwas abgekauft haben. Der würzige Duft von den zahlreichen Lebkuchen steigt ihnen schon sehr in die Nase. Besonders Tobias hofft, dass die nette Frau sich seiner erbarmt und ihm etwas auf den Weg mitgibt. Das wird auch so sein, doch ein wenig müssen die Kinder hier noch ausharren.

Wir gehen rodeln

Eines Tages schneit es und die Kinder Lena, Julia und Marie beschließen einen Ausflug mit der Rodel zu machen. Die drei ziehen sich warme Kleidung an, setzen eine Mütze auf und laufen ins Freie. Es ist bitterkalt und es kommen dicke Schneeflocken vom Himmel herunter. Das macht den Mädchen nichts, denn die Rodel ist schnell aus dem Keller geholt und dann kann es losgehen. Beim Laufen zu dem nahe gelegenen Hügel wir ihnen schon warm werden. Die kleine schwarze Katze hat sich auch entschlossen mitzulaufen. Sie bevorzugt die warmen Plätze im Haus, doch das Interesse an dem Ausflug ist größer. Schnell springt sie zu den Kindern, um nichts zu versäumen. Dann gesellen sich noch einige Freunde dazu. Der Spaß kann beginnen. Hurtig flitzen sie die Piste hinunter und ziehen die Rodel wieder hinauf. Der Nachmittag vergeht und langsam wird es dämmrig. Da die Kinder auch schon etwas müde geworden sind, beschließen sie nach Hause zu gehen. Daheim angekommen begeben sie sich sofort nach dem Abendessen zu Bett und träumen noch lange von diesem schönen winterlichen Rodelausflug.

Die fleißigen Englein

Da kann man nur staunen, wie die Englein hier bereits emsig bei der Arbeit sind und mit welch fröhlichem Gesicht sie diese ausführen. Viele Dinge sind schon fertig gestellt und die sehen alle sehr hübsch aus. Die beiden Stofftiere, ein Hund und eine Katze, sind so richtig zum Kuscheln und sehen aus, als wären sie echt. Der Wunsch kleiner Buben ist meist eine Lokomotive, die hier ebenfalls schon zu bewundern ist. Wahrscheinlich hat man noch einige dieser Art herzustellen. Ob das große Auto oder der Autobus auf dem Wunschzettel eines Mädchens steht? Sicher aber ist, dass kleine Mädchen unbedingt Puppenmuttis sein wollen und sich vom Christkind sehnsüchtig eines dieser entzückenden Püppchen wünschen. Man hat ihnen bereits weiße, mit Rüschchen verzierte Unterhemdchen genäht. Gleich wird ihnen der Engel die zu den Schleifen im Haar passenden Kleidchen überziehen. An einem wird noch mit einem roten Faden der Ärmel genäht, dann ist es soweit. Man kann hier auch eine kleine Kirche mit zwei Häusern sehen. Es kann sein, dass die Engel vorhaben, noch mehrere Häuschen aus Holz zu zimmern, um ein kleines Dorf entstehen zu lassen. Wie sehr muss man die Englein loben, wenn man das hier sieht?!

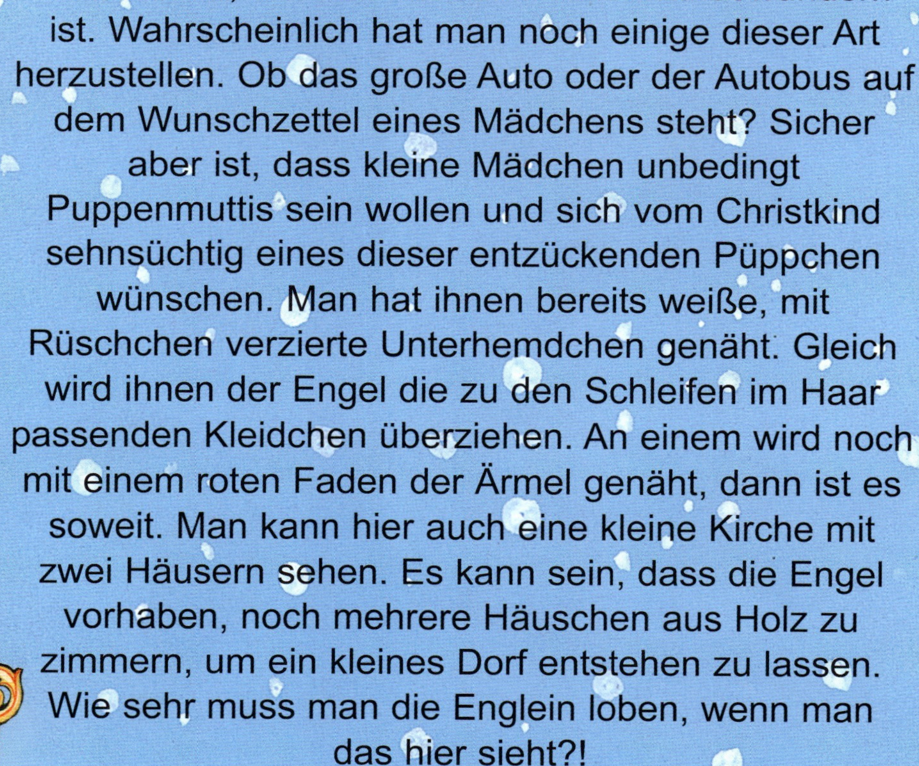

In der Weihnachtsbäckerei

Bei einem Blick in diese himmlische Backstube, glaubt man schon, den herrlichen würzigen Duft des Lebkuchens zu verspüren. Ihr könnt bereits einen Karton dieser Köstlichkeit sehen. Es geht mit dem Backen noch lange hier so weiter. Am Heiligen Abend werden ja sehr viele Christbäume mit diesem Backwerk behangen sein. Das ist ja der Lieblingsschmuck der Kinder, weil sie diesen vernaschen können. Die Englein haben ihre Arbeitseinteilung und sie halten sich daran. Eines rührt den Teig, das andere walkt ihn aus und das dritte sticht die schönen Formen aus. Ein Backblech voll wird soeben in das Rohr geschoben. Die großen Scheiter davor geben viel Hitze, doch das richtige Heizen muss gelernt sein. Der Lebkuchen und das andere Backwerk müssen eine schöne Farbe bekommen und dürfen nicht verbrennen. Ob das Englein dort genascht hat, das so spitzbübisch den Finger an die Lippen hält!? Die Versuchung wäre auch zu groß. Die Kleidung, die die Englein hier in der Backstube tragen, sieht doch zuckersüß aus. Außer den putzigen Schürzen, sind es die hohen, weißen Mützen, die ihnen so gut zu Gesicht stehen. Zu jeder Tätigkeit passend, werden sie in der himmlischen Schneiderwerkstätte eingekleidet.

Der Baum auf dem Weihnachtsmarkt

Anfang Dezember eröffnet jedes Jahr der Christkindlmarkt. Es ist Tradition, dass in der Mitte des Marktes ein geschmückter Tannenbaum aufgestellt wird. Die Bewohner der Stadt suchen ihn aus und holen ihn dann aus dem nahe gelegenen Wald. Eines Tages spaziert Laura in der Dämmerung durch die verschneite Stadt. Es weht ein leichter eisiger Wind. Da es bitterkalt ist, hat sie sich warm angezogen. Die dicken Fellstiefel schützen ihre kleinen Füße gegen die Kälte und auf dem Kopf trägt sie eine warme Fellmütze.

Da bemerkt sie plötzlich den beleuchteten Tannenbaum. Schnell läuft sie in seine Richtung um ihn genauer zu betrachten. Laura bewundert die schönen Kugeln, die großen und kleinen Sterne und die vielen Süßigkeiten. Dann bemerkt sie auch den strahlenden Stern an der Spitze und die leuchtenden Kerzen. Nach einer Weile sieht sie die zwei kleinen Engel in den Zweigen sitzen.

„Wer hat die wohl dort angebracht?“, fragt sie sich. Ihre Augen leuchten vor Freude und sie wünscht sich auch zu Hause so einen schönen Weihnachtsbaum vom Christkind.

Das Christkind kommt!

In dieser schönen, sternenklaren Nacht, geht es fröhlich dem Städtchen entgegen. Das sieht mit seinen Kirchtürmen, umgeben von einer Stadtmauer, wunderschön aus. Gewiss werden die Kinder, die dort wohnen, schon sehnsüchtig auf den Besuch des Christkindes warten. Der stattliche Hirsch, ein Bewohner des nahen Waldes, ist richtig stolz darauf, von den Englein zum Ziehen des Schlittens ausgewählt worden zu sein. Es sitzt ja das liebe Christkind persönlich in diesem hübschen Gefährt. Es ist umgeben von zahlreichen Paketen, von denen es eines ganz fest auf dem Schoße hält. Ob sich da drinnen etwas Besonderes verbirgt!? Wie man sehen kann, sind bereits zwei Pakete aus dem Schlitten gefallen. Das Englein auf dem Rücken des Tieres, hat es sofort zum Stehen bleiben aufgefordert. Das Englein versteht zu reiten und ebenso gut mit dem Zügel umzugehen. So steht das Tier bereits artig und blickt nach rückwärts. Was hat sich das Christkind doch für liebe, tüchtige Englein mit auf die Erde genommen. Welches Kind wird wohl den netten Kasperl liebevoll bei sich aufnehmen? Auf jeden Fall wird er die Hauptperson in einem Kasperltheater sein und viele zum Lachen bringen.

Vor dem Himmelstor

Die Himmelstüre hat sich geöffnet und ihr könnt eine Schar ganz reizender Englein erblicken. Sie schweben nun gemeinsam zur Erde, um pünktlich alle Geschenke bei den Kindern abzuliefern. Gegen Kälte sind sie bestens geschützt. Jedes der Englein trägt eine Wollmütze und einen warmen Schal um den Hals. Ihre entzückenden, weißen Kleider sind aus wärmender, feinster Wolle gefertigt. Sie sind alle in bester Stimmung und freuen sich auf diesen Ausflug zur Erde. Das Englein ganz vorne trägt den kleinen Lichterbaum und noch drei Pakete dazu. Das Englein, das als letztes den Himmel verlässt, scheint ganz besonders fröhlich zu sein. Es trägt lachend gleich drei Pakete übereinander. Fast sieht es so aus, als würden sich sie obersten Pakete gleich selbständig machen und herunterfallen. Doch das Englein schwebt unbekümmert hinter den anderen her. Gewiss, weil es weiß, dass diese Pakete gar nicht fallen können. Sie würden einfach nebenher schweben, falls sie einem Englein einmal entgleiten. Also sollte man sich keine Sorgen machen, um diese großen und schönen Pakete. Was da wohl drinnen sein mag!? Jedenfalls sind die Kinder da unten auf der Erde schon voller Erwartung.

Ein Erlebnis im Wald

Das liebe Christkind persönlich hat sich zur Erde begeben. Mit einem kleinen Lichterbaum, sowie größeren und kleineren Paketen, schwebt es durch den nächtlichen Wald, dem nächsten Haus entgegen. Es ist ihm wohl bekannt, dass brave Kinder, die den Eltern viel Freude machen, dort wohnen. Das Christkind hat auch einen Wunschzettel von ihnen bekommen, worüber es sehr erfreut war. „Was sind das doch für bescheidene Kinder“, hat es bei sich gedacht und will sie dafür jetzt belohnen. Jedes der Kinder bekommt etwas Hübsches dazu, hat es sich ausgedacht. Und so lächelt das Christkind selig, während es durch den Wald schwebt. Die Tiere, die seinen Weg säumen, fühlen sich wie von einem zarten Hauch berührt. Sie verharren ganz still und ehrfürchtig vor dieser lieblichen Erscheinung. Auch sie fühlen, dass hier etwas Wunderbares vor sich geht. Sie spüren auf ihre Art, was es mit der Heiligen Nacht auf sich hat. Nach diesem Erlebnis werden sie sicher wunderschön träumen und am nächsten Tag mehr Futter als sonst für sich vorfinden. Es schneit in dichten Flocken, doch das Christkind bleibt davon unberührt. Es wird kein bisschen nass und die hübschen Kerzen auf dem Bäumchen brennen unbeirrt weiter. Das ist eben nur möglich, wenn ein himmlisches Wesen es trägt.

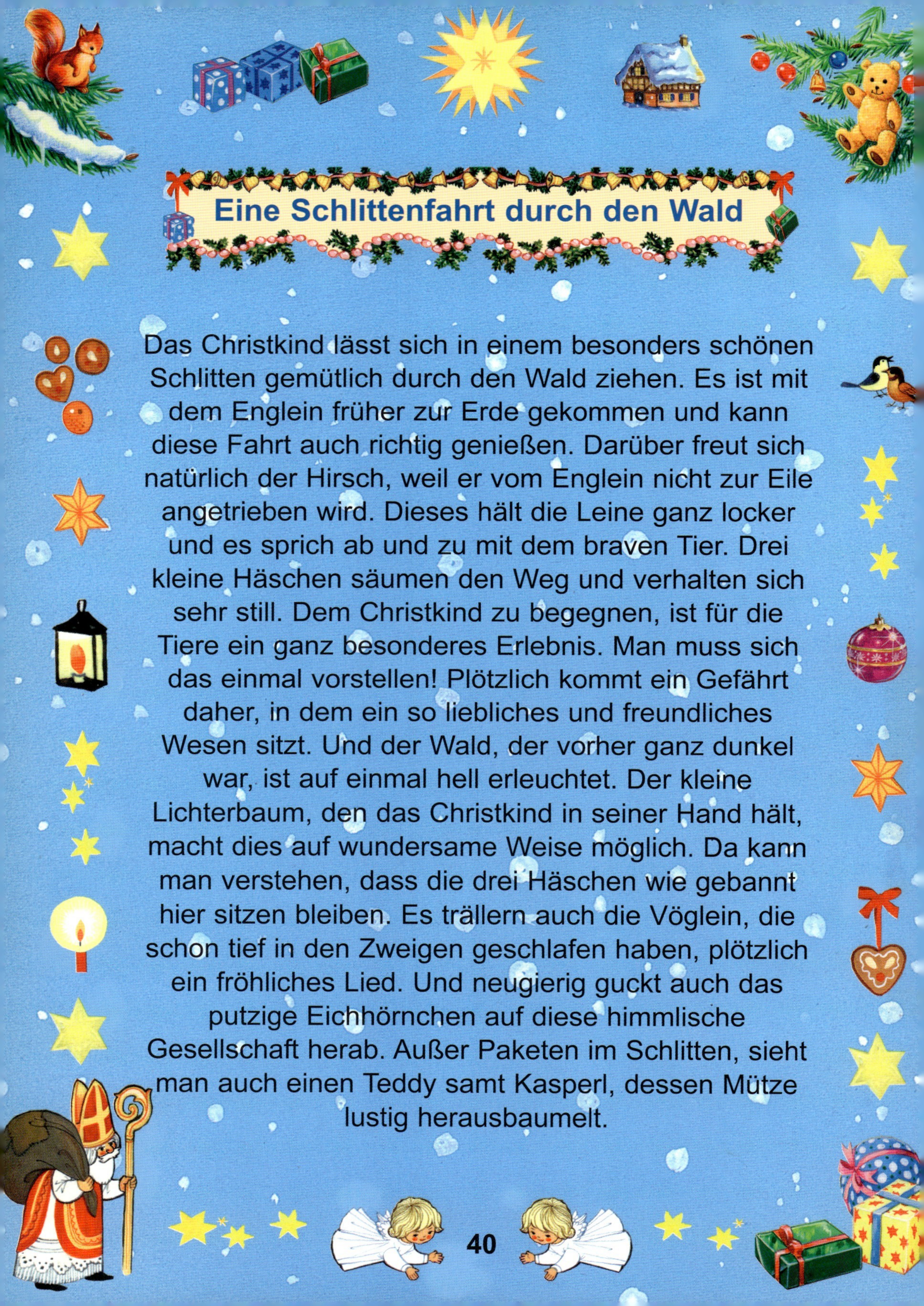

Eine Schlittenfahrt durch den Wald

Das Christkind lässt sich in einem besonders schönen Schlitten gemütlich durch den Wald ziehen. Es ist mit dem Englein früher zur Erde gekommen und kann diese Fahrt auch richtig genießen. Darüber freut sich natürlich der Hirsch, weil er vom Englein nicht zur Eile angetrieben wird. Dieses hält die Leine ganz locker und es sprich ab und zu mit dem braven Tier. Drei kleine Häschen säumen den Weg und verhalten sich sehr still. Dem Christkind zu begegnen, ist für die Tiere ein ganz besonderes Erlebnis. Man muss sich das einmal vorstellen! Plötzlich kommt ein Gefährt daher, in dem ein so liebliches und freundliches Wesen sitzt. Und der Wald, der vorher ganz dunkel war, ist auf einmal hell erleuchtet. Der kleine Lichterbaum, den das Christkind in seiner Hand hält, macht dies auf wundersame Weise möglich. Da kann man verstehen, dass die drei Häschen wie gebannt hier sitzen bleiben. Es trällern auch die Vöglein, die schon tief in den Zweigen geschlafen haben, plötzlich ein fröhliches Lied. Und neugierig guckt auch das putzige Eichhörnchen auf diese himmlische Gesellschaft herab. Außer Paketen im Schlitten, sieht man auch einen Teddy samt Kasperl, dessen Mütze lustig herausbaumelt.

O Tannenbaum

Wie sehr haben sie diesen Tag schon herbeigesehnt! Jetzt ist es endlich soweit. Eine große Kinderschar steht nun vor dem strahlenden Baum und kann sich daran nicht satt sehen. Überglücklich halten sich die Kinder an den Händen und ziehen singend und fröhlich lachend um diesen schönen Lichterbaum. So groß ist ihre Freude und Begeisterung. Wie viele der Kerzen werden da wohl oben sein und wie viele der schönen Kugeln!? Sie können es nur schätzen. „Da hat sich das Christkind beim Schmücken aber sehr plagen müssen“, meint ein kleines Mädchen. Da sagt darauf ein anderes belehrend: „Das Christkind hat doch die Englein als Hilfe“, was ja auch stimmt. Denn das Christkind alleine, und das bei so vielen Kindern, wäre doch wirklich überfordert. Die Kinder, die hier versammelt sind, gehören zusammen. Sie sind Geschwister, die sich allesamt bestens vertragen. Das war auch der Grund, weshalb das Christkind für sie diesen besonders schönen Baum ausgesucht hat. Die Kinder stellen sich um die geschmückte Tanne herum, nehmen einander bei den Händen und singen laut das Lied:

O Tannenbaum!

Bescherung am Heiligen Abend

Bei Max, Laura und dem kleinen Erik war das Christkind bereits und hat ihnen viele, schöne Sachen beschert. Glücklich stehen sie vor dem prächtigen Lichterbaum und betrachten ihre Geschenke mit großer Dankbarkeit. Das hübsche Püppchen, das Laura sich so sehr gewünscht hat, sitzt auf einem Paket und wartet darauf, von seiner Puppenmutti in die Arme genommen zu werden. Die Kinder genießen zunächst den Anblick ihrer hübschen Geschenke. Sie erfreuen sich des strahlenden Christbaumes und des würzigen Duftes vom Lebkuchen. Geradewegs in das Näschen von Erik, der sich bald ein Stück abbrechen wird. Bei Lebkuchen ist er unersättlich. „Danke, danke, liebes Christkind!“, sagt er immer wieder und klatscht dabei in seine Hände. Draußen schneit es in dichten Flocken. Hier aber ist es wohlig warm und der Raum ist erfüllt von Freude und Glückseligkeit. Langsam werden sie dann beginnen, ihre Pakete aufzumachen. Dann erst werden sie das Christkind für seine Großzügigkeit hochleben lassen. Ihr habt ja bereits die niedliche Puppe, den Hund und den Autobus in der Himmelswerkstätte gesehen. Hättet ihr gedacht, dass sie das Christkind hierher bringen wird?

Inhaltsverzeichnis